林良爺爺
你請說

林良◎著 曹俊彥◎圖

這本書的誕生

　　這本書的書名《林良爺爺你請說》，會令人感到很特殊嗎？一定會。因為這個緣故，所以值得說明一下。「林良爺爺」是讀者對我的親切稱呼。這個稱呼我喜歡，因為它比「林老先生」好聽得多，而且讓我有「被接受」的美好感覺。至於「你請說」三個字，也有一個來源：

　　有一次參加一個座談會，腦子裡忽然湧出一些好意見，就坐直身子，準備發言，卻發現坐在對面的一位「與談者」也坐直身子，準備發言。我發現他，他也發現我。我想讓他，他也想讓我。結果是他搶了先，把手向前一伸，做出了一個「請」的姿勢，嘴裡說：「你請說！」他的禮讓給了我很大的鼓勵，讓我不知不覺的說了許多話，超過了自己的預期。

　　從此以後，「你請說」三個字，對我來說，等於是一把打開話匣子的鑰匙。一向話不多的我，只要一聽到「你請說」，就會引發說話的熱情。

　　幼獅文化公司的《幼獅少年》雜誌，每期都有一個專題。感謝編者常常拿那個專題給我看，問我那個專題對我合適不合適。如果我讚美那個專題很不錯，那就表示我有材料可以寫。於是，「你請說」就來了。

　　用《林良爺爺你請說》作為本書的書名，既可以說明本書誕生的經過，又可以對幼獅不斷鼓勵我寫作的美意，表達我真誠的感激。我就用這幾句話，作為本書的序好了。

生活書寫樂趣多

存在於我周遭的事物，每一樣都藏有許許多多的故事。這些故事只要是跟我們有關的，就會成為我們自己的故事。書寫這樣的故事，就等於書寫我們的生活，成為我們的生活史。

書寫自己的生活，是一件有趣的事情，不但可以幫我們尋回許多快被遺忘的往事，並且可以把我們帶回過去的年代，探索社會發展的軌跡。

在這本書裡，我提到的周遭事物，包括電視、電影、腳踏車、學校制服，還有我的作家崇拜。

這些事物，對現代孩子來說都是很平常的。但是這些平凡的事物裡卻藏有不平凡的東西，是孩子們渴望知道的：

在爺爺年輕時，台灣有沒有電視？在爺爺小的時候，小孩子幾歲才被大人允許獨自到電影院？爺爺小時候也練過騎腳踏車嗎？爺爺小時候摺過紙船、紙飛機嗎？爺爺的那個時代，小孩子也崇拜作家嗎？他們都是作家的「粉絲」就像我們現在都是歌星的「粉絲」嗎？

孩子渴望知道這一切，原因是他們渴望能夠了解大人多一些。希望關心孩子成長的家長和老師，在了解這本書的性質之後，能把它推薦給喜愛閱讀的孩子，對他們熱切的探索提供一些幫助。

六個生活故事

　　小朋友，你手裡拿的這本書，是我為你們寫的，書名就叫《林良爺爺你請說》。這個書名，很像是有一個人在跟我說話。先是他要我講故事，我答應了。然後他坐下來準備好好的聽。所以他說：「林良爺爺你請說。」這個書名給你的就是這樣的印象，對吧？

　　沒錯，正是這樣。我是在這本書裡講故事。這本書裡有六篇我寫的散文，每一篇講一個故事，六篇正好講了六個故事，這六個故事，我都叫它「生活故事」。

　　拿第一個故事〈看電視〉來說，我講的是我跟電視的關係。這種關係不斷

的發生變化，變化的原因是我的生活也不斷的發生變化。我的生活一改變，我跟電視的關係也跟著改變。這樣一來，我好像是在寫電視，其實卻是在寫生活，也就是寫我的成長歷程。

書中的六個故事，所寫的事物雖然不一樣，但是都從我的童年說起。我相信你一定很喜歡我這樣的寫法，因為這樣的寫法使你有機會拿你的童年跟我的童年作比較。不同時代的童年一定會有一些不同。

讀完這六個故事，你一定會發現生活中值得我們去寫、去想的事情實在太多了。生活，提供了我們寫不完的寫作題材。開始閱讀吧，希望你會喜歡這本書。

經驗綜合體

　　這本書的圖畫完成時，正好有位從事兒童讀物方面的朋友來訪，好奇的問我為什麼要改變畫風。其實，我最近手邊正好有幾支很方便的自來水毛筆。年初兒童文學學會開年會時，我用這種筆畫了一幅林良爺爺的側面速寫，我將它用在這本書的書名頁上，為了讓整本書的插畫有相同的風格筆調，所以，就全部用自來水毛筆描繪了。

　　這本書談的是林先生所經歷的關於電視、電影、腳踏車和書與制服等過去歷史，那些歷史有些也是我經歷過的，為了要將那個以前的感覺表現出來，我以為以水毛筆勾勒的線畫線，就自然的帶點兒「古意」應該是很適合的。

有些場景，雖然是我沒經歷過的，因為年齡和我差很多的大哥，正好與林良先生的年齡相近，他過去的生活照片，正好提供我服裝、用具等的圖像參考。

可以說，這本書的文字談的是林先生個人的經驗，而圖畫卻是許多人過去生活點滴的綜合體，這樣應也很有趣吧！

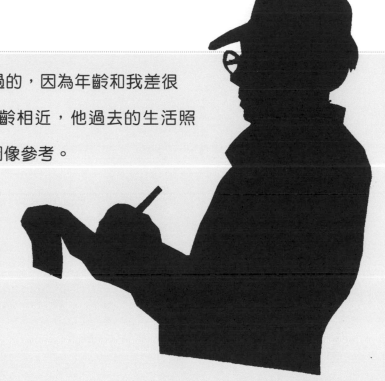

【目錄】

看電視

說到看電視，可不能從我的童年說起。在我的童年世界裡，只有電影，沒有電視。

　　台北開始播放黑白電視新聞那一年，我三十八歲，已經結婚，而且是兩個孩子的父親。家裡的小客廳，只有小孩子的笑聲和來訪客人愉快的談話聲，再也沒有其他的噪音。

　　我希望家裡的客廳能保有一份寧靜，是一個適合談話的地方，所以並不急著去買電視機。我認為電視會破壞家裡的安寧。

　　客廳裡唯一能製造聲音的機器，是一台電唱機，使用的是當時流行的黑色大唱片。那時候我工作很忙，每天都在跟時間賽跑，難得坐下來靜靜聆聽音樂。只有每年的耶誕夜，買了孩子要我買的掛了彩色燈泡的耶誕樹，才打開電唱機為她們播放耶誕歌曲。兩個孩子就坐在地板上，

對著我嘻嘻的笑。

　　電視開始大流行以後，第三個孩子也出生了。那時候，住家屋頂上沒有電視天線的人家已經很少了。我們搬了家，有一個較大的客廳。

　　為了怕孩子成為鄉巴佬，我們買了一台很漂亮的電視機，把拉門向左右推開，裡面就會出現一個大大的螢光板；幾秒鐘以後，燈光轉亮，節目登場。我曾經擔心電視會成為客廳裡製造噪音的「狼」，現在我「引狼入室」。

　　這台電視機並不因為它的美觀而常常被人打開，因為一家人大大小小都很忙。第三個孩子、兩歲半的瑋瑋，成為這台電視機的主人。她常常打開它研究，而且疑心出現在螢光板上的人物，都躲在電視機後面，便不時繞到電視機後面去查看。

她鼓勵大家去看電視，受邀的人不是搖頭，就是搖手；只有一次成功，就是鼓勵大家去看幾乎年年在美國威廉波特世界少棒賽拿冠軍的我國少棒隊比賽實況轉播。受邀的人都答應，她也為大家擺好了矮凳子，但是自己卻先睡了——因為實況轉播要從半夜才開始。

　　那一次，真正半夜爬起來觀看的只有我一個人。我例外的讓寫稿的筆在書桌上閒著，自己卻從比賽開始看到我們的小球員勝利歡呼和擁抱。天亮了，巷子裡也響起了祝賀的鞭炮聲。

　　台灣有彩色電視那一年，我已經四十七歲，從小孩子們口中的「林叔叔」晉升為「林伯伯」。

那時候，一家電視台正在播映連續劇《包青天》，家家戶戶都愛看。聽說有許多公務員和公司職員，每天下午都會早早收拾好辦公桌，只等下班時間一到，立刻準時下班並往家裡跑，就怕錯過了《包青天》。

　　我的工作很忙，還沒下班，《包青天》就已經播放，但是我並不心慌。一路上，沒有一家商店不播放《包青天》，沒有一戶人家的客廳不播放《包青天》。我慢慢踱著，看著一家接一家的畫面，連續不斷。回到家裡，打開電視再接著往下看，什麼也沒錯過。

　　童年，我曾經聽過一位家庭主婦吩咐兒子說：「你到隔壁去看看現在幾點了。」因為她想知道是不是該做晚飯了。那時候，並不是家家戶戶都有時鐘。

電視在現代社會已經十分普遍，往往用「家裡連電視都沒有」來形容一個家庭的貧窮；因為這個緣故，電視開始有「通告」的功能，例如天氣預報、颱風消息、停止上班上課……這種通告功能是很受歡迎的。

另外一項受歡迎的節目，就是戲劇節目。台北街上開始出現錄影帶出租店，陳列在店裡的一盒盒錄影帶，都是一部部電視劇。喜愛故事的我大受吸引，也去買了錄影帶放映機，跟電視螢幕連結在一起，在家裡觀賞。

我迷上了《滿清十三王朝》連續劇，認識了不少滿清的皇帝。

錄影帶從「小帶」演變成「大帶」，又由「大帶」演變成有銀色光澤的小小「影碟」。

放映機也跟著換，一代、二代、三代……機能也不斷增加。

　　有了這麼多可看的連續劇，對我來說，就像擁有一片「故事大海」，儘管取不盡、用不竭，卻難免擔心會被淹沒。

　　客廳裡的大型電視機，一度被孩子們戲稱為「公共電視」，意思是一家人一起看的電視機。

　　後來孩子們都大了，有自己的房間、自己的電視機，可以看自己愛看的節目，很少來客廳看電視，那台「公共電視」就成為我和太太的「電影院」，我們用它來看電影。

我喜歡一套《世界經典影片一百種》的影碟，它對我這個影迷很有吸引力。還有正在放映的賣座影片，無論是國片、洋片，只要戲院一下片，立刻就會有影碟上市，成為我觀賞的對象。

太太是婚後才發現我是一個影迷，她無法陪我去看每一部電影，卻寬容的把我從戲院帶回來的電影本事單張裝訂成冊，交給我保存。

現在我們都已經退休，陪我在客廳裡看每部電影並不像從前那麼困難；電視機又把我們拉在一起，圓了我幾十年前的夢。

有一位朋友曾經擔心我跟電視這麼親近，一定會耽誤許多正事；其實我從來不因為貪看電視，而耽誤了正事。只要有正事得做，連最愛看的節目都可以拋到腦後。我只是「事情比誰都忙，電視卻看得比誰都多」罷了。這樣做會很辛苦，但是我已經習慣這樣的辛苦。

電 影 與 我

我七歲才第一次走進電影院。跟那個時代許多三、四歲就已經看過電影的孩子相比，算是夠晚的了。那時候，老家廈門剛成立第一家電影院，在「黑貓舞廳」的樓上，我們就叫它「黑貓電影院」。我的第一部電影，就是在那裡看的。

帶我去的是外祖母和蓮姨婆。兩個大人和一個小孩分坐兩輛人力車；我和外祖母同車。我們看的影片是《火燒紅蓮寺》，我現在才知道那是根據當年著名的武俠小說《江湖奇俠傳》裡的故事拍攝的。

那時候的電影是黑白的，沒有聲音，劇場裡卻有一個「講電影的人」，坐在二樓的包廂裡，為全場觀眾解說劇情、編造對話。大人目視銀幕，再聽解說，「看」得津津有味；小孩子享受大人買的零食，也「看」得津津有味。

第二次看電影是跟母親和六姨媽去的。影片裡的阿香失蹤了，她的母親雇人沿街敲鑼尋找。講電影的人索性帶著一面真鑼登場，鏘鏘的敲了起來。因為音效逼真、又有創意，全場觀眾都為他熱烈鼓掌。

　　我十歲那年，父親到日本處理商務，買回來一組兒童玩的手搖式電影放映機和六捲《米老鼠》短片。我和二弟就在三樓一個小房間裡，玩起「開電影院」遊戲。兩兄弟還動手畫門票，票價是兩枚銅板。

　　受父母寵愛的大表弟每天都有兩枚銅板的零用錢，就掏出來向守門的二弟買了張票，成為第一位進場的觀眾。其他「不名一文」的表弟、表妹哭鬧著要看，心軟的二弟只好全部放他們進場。

　　電影放映完了以後，大表弟因為自己「傾家蕩產」，也放聲大哭。心軟的二弟又把錢退還給他。我和二弟開的電影院只放映過一場，而且

一枚銅板也沒賺到。

上小學六年級時，我已經習慣獨來獨往的生活，獨自走路去上學，獨自上街逛書店。每天放學，我喜歡走不同的路回家，為的是想多認識廈門的街道。每次經過電影院，我都會走進門廳去看看掛在牆上的「近日放映」預告照片，渴望自己也能獨自買票進場去看一部電影。

有一天，經過「思明戲院」，知道那裡正在放映《金銀島》。我讀過《金銀島》的故事，當然很想看看拍成電影會是什麼樣子？好奇心給了我勇氣，就向父親提出看電影的要求。

父親有心成全我，問我：「這部片子很重要嗎？」我說很重要。父親說：「既然那麼重要，就去看吧！」

第二天恰巧是星期日，我拿了父親給的錢，獨自買票走進電影院，

跟許多大人坐在一起看電影。

　　中日戰爭爆發，我們一家逃難到香港。難民營解散之後，我們在外
面租房子住，生活必須過得很儉省。

恰好美國「迪士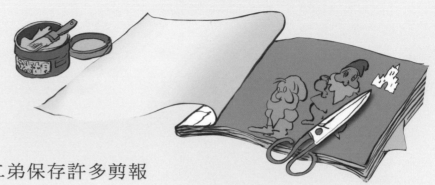
尼」影片公司的彩
色動畫《白雪公主》
來香港首映，在報紙上
作了許多宣傳。我和二弟保存許多剪報
和圖片，天天翻閱、互相討論。父親知道了，主動帶
我和二弟到「皇后大戲院」去觀賞，還買了許多可愛的周邊產品，花了
不少錢。

父親因為事忙，很少看電影，但是他對電影並不是完全不關心。

廈門淪陷以後，我們就讀的學校被日方接管，我和二弟因此停學在
家。父親有位朋友，開了一家電影院，專門放映國語片。

當年廈門的一般觀眾只認得漢字，聽不懂國語對白，所以銀幕下方都有幻燈字幕，介紹關鍵性的對話。電影院正巧缺少製作幻燈字幕的人手，父親問我和二弟有沒有興趣？之後我倆就接下這份工作。

　　我和二弟學會了在電影腳本裡選擇重要對白，用毛筆蘸濃墨在玻璃片上寫字，也學會了幻燈放映機的操作方式。

　　幻燈機安置在黑乎乎的舞台一側，我放幻燈片的時候，二弟就在外面觀眾席上看電影。儘管我和他輪流換班，但是每部影片都要看五、六遍，幾乎可以背得出來。我們做了好幾個月，也嘗到領薪水的甜蜜滋味。

　　我的「電影時代」開始在台北，台北是我的「電影城市」。

　　二十二歲的我，一邊讀書，一邊工作，唯一的娛樂就是在星期日騎

車到「西門町」看一場電影，慰勞慰勞自己。從此以後，看電影就成為我生活的一部分。

那時候看電影，買票進場的第一件事，就是去抓一份「電影本事」。這些電影本事在結婚以前，都被我隨手扔了，完全不加珍惜；結婚以後，太太幫我蒐集，裝訂成小冊子，厚厚的，一本又一本。

除了周日電影以外，我也會跟一般影迷一樣，搶先去看好影片。有一次到「大世界」去看《居禮夫人傳》，買不到票的觀眾鼓譟推擠，撞破了電影院的玻璃門。

人潮把早已買到票的我送進了電影院。電影開映，我才發覺我的眼鏡不見了。這是我看過最昂貴的一場電影。

我看電影的次數，不久就超越了「每周一片」的限制，成為生活中

一筆可觀的消費。我索性答應我所服務的那份報紙的邀稿，在「周末」副刊上撰寫「每周電影介紹」專欄，用稿費收入彌補電影票的開銷。

有一次，台北中山堂放映名片《金石盟》。年輕的雷根那時還沒就任美國總統，在片中飾演一名向銀行貸款創業的坐輪椅青年。

一位報社同事邀我去看，我因為前一天已經看過，就跟他分道揚鑣，自己跑去看另外一部電影。

看完電影，經過中山堂，《金石盟》還沒散場，又沒人守門，我就走了進去。票房裡跑出一個矮矮的美國人，問我知不知道看電影應該買票？我用我的「課本英語」告訴他，電影已經快到尾聲，我只不過是進去找一個朋友。

他又說，電影院裡黑乎乎的，我怎麼找得到朋友？我告訴他，我的

朋友是個大近視，喜歡坐在前排，找他並不困難。

他這才伸手做了一個「請進」的手勢，讓我進去。

電影院裡果然黑乎乎的，我找不到那位同事，卻看見第一排有位年輕人，正操作一台幻燈機，在那裡放映幻燈字幕。

他似乎不懂劇情，幻燈字幕跟影片根本不能配合。我一時技癢，對他說：「我來！」接著就坐下來幫他放映幻燈片，直到最後的「劇終」兩個字出現為止。

觀眾紛紛起身離場，那個矮矮的美國人在人群中出現，手裡揚著兩張電影票，說是要答謝我幫他放映幻燈片。

有了那兩張票券，《金石盟》我一共看了三遍。

光陰過得很快，一切都在改變，改變最多的是我的頭髮，正如李白

所說的「朝如青絲暮成雪」；但是從年輕到年老，我對電影的喜愛始終

沒有改變。

腳踏車與我

在老家廈門的大同小學讀四年級的那一年，我十二歲。

學校附近的腳踏車店，有小型的兩輪小腳踏車出租。我跟母親要了錢，邀了一個同班同學，結伴去租了一輛來練習。

從小看慣父親騎腳踏車來來去去的我，以為騎車很容易；可惜的是，幫我在車後扶車的同學力氣太小，不但沒能力讓我的車子前進半步，反而害我摔了好幾跤。

車店老闆看我們兩個孩子守著一輛小腳踏車，折騰半天，結果人還在原地，忍不住直搖頭。

受到了這樣的挫折，我覺得很不光采，就下決心不再跟腳踏車打交道了。

上五年級的時候，父親開辦化妝品工廠，用了許多學徒。每天中

午，我和弟妹們不再走遠路回家吃中飯；我們的中飯，都由學徒騎腳踏車送到學校來給我們吃。

　　吃過飯，離下午上課還有一段時間，我忽然又動念要跟學徒學騎車。學徒的名字叫「金水」，騎車的技術很好，力氣又大；我學會騎腳踏車，老師就是金水。

　　他人站在車後，那是他教車的位置。他雙手抓緊車後的小貨架，穩住車身，讓我自己爬上車，坐上坐墊，雙手握住車把，就像瘦小的騎士騎上高頭大馬。我的腳還搆不到腳踏板，只好懸在那裡。 他告訴我要控制把手，使前輪指向正前方。他的力氣，全用在車後

的小貨架上，操控著車子能往前推進，又不向兩邊倒。

靠著兩個人的合作，我的車子果然在操場上走了一趟又一趟。有時候他還會悄悄撒手，讓我的車子繼續往前走去，彷彿我就在那兒自行騎車。

兩個星期以後，我對這輛大腳踏車已經熟悉得不得了。我掌握了平衡感，能利用身子的扭動和車把的掌控，在金水推著車子前進的時候，不讓車子歪倒；我還學會了轉彎。金水教到這裡，就不再往下教了，他說：「剩下的你自己練。」

我自己練出了兩項本事。第一樣是雙手握住車把，左腳踩住踏板，右腳在地上一蹬一蹬的使車子前進，彷彿是馬戲團裡「人在馬側」的騎術表演。

　　第二樣是雙手握住車把，左腳踩住踏板，右腳穿過車身的三角架，踩住另一邊的踏板，雙腳互相配合，每次只往前蹬一點點，「卡答、卡答」的使車子前進。我見過街上腿短的小孩不能騎大車，採用的就是這樣的騎法。

　　我成為我父親的「學徒的學徒」。我很高興的告訴自己：「我已經出師了！」

　　上六年級的時候，有一天，我帶弟弟、妹妹去練車。

　　弟弟、妹妹租的是矮小的兒童雙輪腳踏車，我租的是高大的成人練習車。我們的目的地是中山公園南門外的虎園路——那是一條新闢的四

線道路，坡度很大，安全島上種的是移植來的相思樹，一棵棵只有一人多高。那裡沒有行人，也很少有汽車經過。

　　到了目的地，弟弟、妹妹就在路邊的人行道上練習起來。我把車子推到坡頂，掉轉車頭，飛身上車，有心讓車子沿著坡道向下滑行。

　　剛起頭，車子滑行很慢，後來越走越快，速度越來越高，開始令我感到不安。我想使用煞車，這才發覺練習用的車子根本沒有煞車裝置！

　　如果任憑它這樣奔馳下去，這輛沒有煞車裝置的腳踏車，就會衝進

前方車水馬龍的公園南路，那後果真是誰也不敢說。看到安全島上的相思樹，靈機一動，我握緊車把，讓滑行的車子向安全島靠近，看準了其中的一棵，伸出雙臂，把它緊緊摟住——腳踏車飛出去沒多遠就歪倒在路面；緊抱著相思樹的我，總算逃過了一場粉身碎骨的災難。

　　在那場車禍的同一年，中日戰爭爆發了，我家開始四處逃難，到過香港、越南，最後的落腳處是福建的漳州。

　　也就是在漳州，經歷過種種人生變化的我，聽到了日本戰敗投降的消息。一個十三歲的孩子，在戰亂中長成一個二十二歲的青年；這個青年記者，回到老家廈門，只待了一年，就離鄉來到台北，在國語推行委員會工作。

那時候，職員出門辦公事都有公務車可用，而公務車就是腳踏車。我童年學車的經歷並不完整，但是一看到腳踏車，跨上去就騎，好像騎兵騎上熟悉的戰馬。

那些年，我騎車在台北跑來跑去，總是車子不離身，人和車成為一體。那些年，我的成長都記錄在腳踏車上：在腳踏車上，我由一個青年變成一個中年的父親；我存了錢，繳還公務車，買了自己的新車；我繼續學習童年「父親的學徒」教我而沒教完的功課，我學會了單手操控車把，一手擎傘；在沒人的僻靜馬路上，

我還能雙手都撒開，只靠兩條腿操控車子前進，走一小段路。

　　儘管是這樣，我的車禍紀錄也因為我的粗心又增添了兩筆。一次是為了避免撞上一位因為心慌而左躲右閃的老太太，自己卻滾落在泉州街底大排水溝的斜坡；另外一次是大雨中撞到了一個喜歡走路靠左邊的賣豆腐的中年婦人的豆腐擔子，我除了認錯以外，還掏錢賠償她一整盤的豆腐。她為了也表示歉意，執意要把撞爛了的豆腐送給我吃，我沒有要。

　　歲月使車上的我長出了白髮，正如李白的詩句所描寫的，我的一頭黑髮一下子「朝如青絲暮成雪」。車上的中年父親變成了心平氣和的爺爺。因為住家和我服務的報社距離很近，走路只要十分鐘，我決心把陪我度過中年的腳踏車送人，開始每天從容的走路去上班。將軍老了，馬

還健壯，應該讓牠去為需要奔波的人服務。

　　幾年前，有一天，女兒要買一輛機車接送兒女上下學。我和太太陪她去車行選車，女兒因為要試車，我答應把她的腳踏車騎回家。我一上車，車頭就亂晃，害我差點兒摔跤；雖然最後還是騎穩了，但是我覺得好笑，告訴自己說：「你已經七十多歲了，這個對你不適宜。」

　　一種技術，一旦放棄，再相近都會覺得生疏。我雖然不再騎車，不再有興致拍一張倚「馬」而立的照片，但是對腳踏車依然念念不忘，覺得它很可愛，而且能給我珍貴的人生啟示。

　　發明腳踏車前身的是一個法國人，時間是一七九〇年，可見「腳踏車」這個概念已經有兩百多歲。兩百多年來，人力車不見了，三輪車不見了，只有單純的腳踏車能跟新發明的汽車共存，受人喜愛，不斷研發

新車種，不成為老骨董；這是因為腳踏車很能代表一種「歲月歸歲月，自己是自己」的精神。

　　它給我的啟示是：一個人只要好好珍惜自己，跟你分道揚鑣的歲月，又能拿什麼來奈何你？

制服與我

我上過兩年幼稚園。第一年上的是日本神戶華僑小學附屬幼稚園，第二年上的是廈門老家大同小學附設的幼稚園。無論是在日本神戶或者是在老家廈門，我穿的都是百貨公司買來的童裝。

母親認識的家庭主婦也有自己裁製漢式童裝的，但是對我都派不上用場，因為我上的是新式學校，不是背念《三字經》的私塾。

那時候上幼稚園的孩子都不穿圍裙，圍裙的胸前也不掛一條手帕。

我只記得上學還是要換衣服的，換的是「上學的衣服」，意思是「像樣一點的衣服」。這像樣一點的衣服，等於是我們的制服。我還記得每當我穿得不適當的時候，母親常說的那句話：「換下來、換下來，這樣穿怎麼去上學？」

我從大同小學附設幼稚園升上小學部的低年級，穿的還是和上幼稚園一樣，唯一的差別是買來的衣服都大了一號。

　　這種情形一直維持到上五年級的時候，因為學校加入童子軍，我才有機會接觸到另外一種衣服——童子軍制服。

　　童子軍制服是童子軍創辦者英國人「貝登堡」設計的。上身是黃卡其布做的長袖襯衫，質地很厚、很耐穿。下身是長到膝蓋的短外褲，也是黃卡其布做的。襪子是拉高到膝蓋下面的毛質長襪，再加上一雙皮鞋。

　　整套衣服穿在身上，很像到非洲去打獵的歐洲白種獵人。

上身穿的雖然是襯衫的形式，但是裝飾很多。
兩肩的地方有肩章；左邊的肩章垂掛著五色絲帶
做成的隊色，右肩掛著白色繩子的肩帶，尾端繫
著警笛，警笛插在左胸的口袋裡。還有一條四四方方
的大布巾，摺成三角形，圍在脖子上，成為多用途的領巾。

再加上一條童軍繩，顏色是白的，纏繞成麻花的形狀，掛在右邊褲
腰靠後的地方。

除了衣服，還有帽子。童軍帽是咖啡色，質地很硬，小小的帽頂有
三個稜，再配上超大的帽簷，形狀像一頂雨笠。帽子有帽帶，戴帽的時
候可以把它繫緊，防備大風把帽子吹跑；不戴時可以鬆開帽帶，把帽子
掛在背後，像傍晚回家的農夫。

另外還有一根童軍棍，通常都不帶回家，不使用的時候一律寄放在學校裡。

　　把這一整套衣服，包括所有的裝飾和裝備，完完整整的穿戴起來，那模樣確實是又華麗、又神氣。不過，我們並不每天都穿著這樣的衣服上學。

　　這樣打扮的機會並不多，穿得這麼整齊去上學的日子，只有在上童軍課的那一天，在受檢閱的那一天，節日遊行的那一天，和受邀出外服務、幫忙維持會場秩序的那一天。

　　我們平日上學穿的，雖然也還是那一套衣服，不過卻把所有的裝飾和裝備都拿掉。我們穿的是黃卡其布的長袖襯衫和黃卡其布褲子；唯一可以通融的地方是，童子軍一年四季都穿短外褲，我們冬天卻可以穿長

褲。

中學，我就讀的學校是鼓浪嶼的英華書院。那是英國蘇格蘭教會辦的完全中學，有初中部、高中部。

英華書院是一所男校，只有男生，不收女生。當地人把英華書院看成一所貴族學校，不只是因為收費很高，同時也因為學生的家庭背景都很好。

有的學生，父親是銀行的經理；有的學生，父親是大地主；有的學生，父親是僑商；有的學生，父親是英國領事館的祕書。

不過，也不是所有學生家裡都這麼富有。有些低收入的家庭，也會把子弟送到這間學校來讀書，不怕學費貴，原因就是學校辦得好。例如有個學生，父親是郵局的副局長；另外一個學生，父親卻是勤奮的郵差。

　　英華書院對學生制服有嚴格的規定，就是學生每天上學都要穿黃卡其布的學生裝。這種學生裝跟中山裝很相像，唯一的不同在領子。中山裝有一個向外翻的小翻領；這種學生裝沒有小翻領，只有一圈矮矮的圓領，圓領正前方的內側，裝有一對小小的金屬領鉤。

　　這種學生裝穿在大孩子身上很能彰顯少年的英氣，又帶著幾分莊重，最能代表學生的身分。試穿的時候，我立刻就愛上它！

　　學生都穿制服，貧富分不出來，大家才能安心讀書。貧富分不出

來，學生在學校的地位，就要靠才華和
學習的熱情來決定。這又是我喜愛這
套制服的原因。

　　學校的老師也常常給我們一
種「珍惜校服」的教育。我的
級任老師每次在路上遇到學
生沒有把領鉤鉤好，就會喊住
他，親切的替他鉤好領鉤，對他說：「這件衣服代表我們的學校。」

　　我穿這套衣服進入書店和文具店，本來坐著的店員都會站起來打招
呼，因為他重視我學生的身分。上街看到路邊小吃攤的東西很好吃，也
不敢就坐在路邊吃，總是回家換下制服再去買來吃。

那些年，我確實學會了一件事，那就是：校服給了我一個學生的身分，我應該珍惜這個身分，注意我的舉動和行動，不要讓我的校服被人看輕，不要使我的學校蒙羞。

後來我到師大讀書，因為是公費學校，所以也領到一套灰色的校服。

這套校服是中山裝，依學校規定，是每星期一早上升旗典禮和參加重要集會才穿的。我總是設法把它洗得乾乾淨淨、燙得平平整整，小心謹慎的掛在衣架上，生怕把它弄髒、生怕把它弄縐，原來這珍惜校服的習慣竟是我

在英華書院讀書的那幾年養成的。

　　如果有人問我贊不贊成學生穿制服？我恐怕會忍不住投下一張贊成票。

　　如果有人問我什麼樣的學生制服才是好制服？我的答案更簡單：只要穿起來像一個學生就可以了！

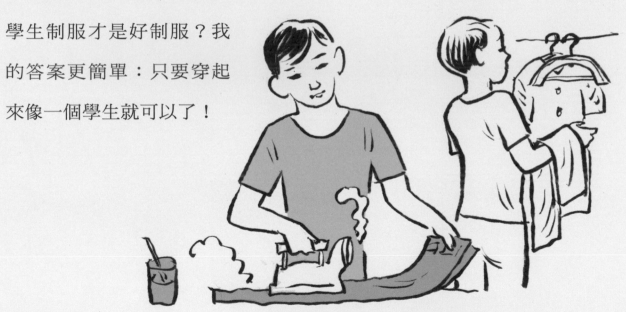

紙和我

我父親是一位「知道小孩子需要用紙」的父親，經常會買一刀裁得很整齊、大約是十六開大小的白紙，放在家裡讓我們使用；因此我從小就知道，一刀就是一百張的意思。

　　父親喜歡在庭院裡擺小桌、矮凳，陪我們畫圖。大家一起出題目，然後一起畫，比如他說「狗」，我們就一起畫狗。我和弟弟都不是天才兒童，畫出來的狗是什麼樣子，不說也知道；但父親培養我們敢畫的精神，所以我和弟弟長大後都喜歡畫畫。這是我第一次跟大量的紙接觸，那時，我讀小學三年級。

　　小學的手工課由摺紙開始，在文具店裡可以買到一小包、一小包的手工紙，一包十幾張，每幾張就換一種顏色，都是正方形的，像一條小手帕。

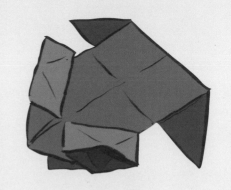

我喜歡用它來摺紙船，摺尖嘴青蛙，摺前頭尖尖、尾巴張開的「紙鏢」（現代的孩子叫它「紙飛機」）；永遠學不會的是複雜的紙鶴、紙球和雙眼鼓鼓的方頭青蛙。但是我喜愛這種加了顏色的紙，抽屜裡珍藏好幾包，一心以為將來肯定有大用；其實真正的原因，是那些手工紙引發了我對顏色的興趣。

我小學畢業那一年，中日戰爭爆發，日軍炮轟老家廈門，父親拋棄所有家業，帶著一家大小逃難，最後落腳在福建漳州。那時，父親一無所有，幸虧他的一位朋友正在經營香菸工廠，特地把放置二十包香菸所用的大紙盒，交給父親來做，希望他能有一點收入，作為生活費用。

做紙盒要用厚紙板，但現成的紙板很貴，成本太高。當時漳州正好生產一種粗糙的黃色草紙，寬度、長度剛好合適，弟弟便想出一個辦法，那就是利用稀薄糨糊，把五張草紙裱在一起，曬乾了就成為合用的紙板，然後畫線裁製，做成一個個紙盒，成本大大降低。

　　大家一起動手，紙盒一期期出貨，幫我們度過一次次生活難關。直到父親和弟弟都找到了工作，我也在一所小學教書，這家「紙盒工廠」才宣告結束。

　　回想當年，在生活的壓力下，一家人忘了愁苦、合力苦鬥的情形，心中總會湧起一股甜味。那粗糙的黃色草紙，也成為堅毅的象徵。

漳州生產的那種粗糙黃色草紙，在戰亂時代，一般家庭都是拿來當衛生紙使用。還有一種質地稍稍好一些，紙面稍稍光滑一些，用毛筆在上面寫字不會暈開的草紙，叫作「細草紙」。

十六開大小、穿線橫式裝訂，一般老式經營的商店，都拿來當帳簿用。這種簡陋的帳簿賣得很便宜，當時正熱心寫作的我，就買來當我的

寫作練習本。我用毛筆在上面寫稿，每天寫它幾頁，寫的盡是一些感想和隨筆，寫完一本，又寫一本。因為不是投稿，所以寫起來很放得開，想寫什麼就寫什麼，想怎麼寫就怎麼寫，彷彿自己是一介文豪。

　　當時我相信一項理論，那就是練習寫作的人，必須規定自己每天要寫多少時間，或者規定自己每天要寫多少字數，不達目標絕不中途停息，如此才能培養出一名寫作者需要的基本耐力。我這樣相信，就這樣做了，而陪我進行這種嘗試的，就是前面提到由細草紙做成的帳簿。

　　日本戰敗後，我回到老家廈門，剛好《青年日報》在廈門創刊，我就在報社裡當記者。

　　報社的社址原本是一家日本株式會社（日語，指股份有限公司），他們撤走的時候，留下許多用道林紙印的空白表格和報表，都堆積在報社三樓編輯部的牆角。那些紙是單面印刷，背面一片空白，正好可以拿來寫詩。

我童年坐過許多次船，在日本神戶和中國廈門、香港及越南之間來去，前後也住過五年鼓浪嶼，那兒四面環海，有許多美麗的沙灘，可以看日出、日落及潮汐變換；因此一想到海，我就備感親切，心中湧起無法抑制的崇拜，所寫的詩，也都是歌頌大海的詩。

　　總編輯很鼓勵我寫詩。他宿舍浴室的窗戶跟三樓編輯部的後窗，只隔著一條窄窄的巷子，我常常在他早上起身刷牙的時候，把寫了詩作的道林紙摺成童年學來的紙飛機，從編輯部射進他浴室的窗戶；紙飛機跌落在浴室地板上，他撿起來，打開讀了讀，說一聲「好」，當天下午就發稿，第二天見報。

　　對一個寫作者來說，最親近的紙應該就是稿紙。我常用的稿紙有兩種，一種是每行只有十個字，總共二十行的兩百字稿紙。這種稿紙適合

寫分行排列的童詩和兒歌，每行
字數容易控制，能夠自我約束，
不至於寫出很長的句子，排版也
比較好看。

　　另外一種是每行二十五
個字，全頁十二行的三百字
稿紙。因為是單面印刷，裝
訂起來很整齊，也很容易翻
閱，因此這種稿紙是用來寫
長篇故事和散文。

此外，我每天都要親近的紙還有報紙。為了寫作的需要，我家有四份報紙：一份是重視社會公義的傳統報紙；一份是傾向刊登好人好事新聞的報紙，呈現社會光明面；一份是傾向刊登壞人壞事新聞的報紙，呈現社會陰暗面；一份是全文注音、適合兒童閱讀的《國語日報》。這些看過的報紙，過一陣子就會堆積如山，我很想搬去送給哪個做回收的人，但是搬不動。

後來認識一位收舊報紙的宋先生，他把手機號碼給了我們，每次我們打電話請他來搬報紙，他一定會依照約定，準時來按門鈴。他幫我們把報紙搬空後，

我以為事情就這麼結束了，但是他卻會在口袋裡掏啊掏的，掏出幾個十元硬幣來，托在手心，要我們收下，嘴裡說的是：「意思、意思。」

　　每次收下他的「意思」，我心裡就會有溫馨的感覺。

我的作家崇拜

一九三七年，我小學畢業，中日戰爭也在那一年爆發。第二年，日本軍艦炮轟我的老家廈門，父親帶著一家人避居萬國租界鼓浪嶼，我在英國教會開辦的英華書院讀書。三年後，太平洋戰爭爆發，大家擔心日軍會占領鼓浪嶼，紛紛準備二度逃難，學校也宣布停課。

　　當時父親辦了一個商業補習班，親自授課，教授的科目有中、英文打字，商業書信，新式簿記，算盤操作，一共有六、七個停學的高中生來就讀。為了這件事，母親曾經悄悄告訴我們，她跟父親結婚這麼多年，從來不知道父親有那麼多本事。

　　父親和學生的感情很好，上課的時候，學生一個個告訴父親，他們家準備逃難到海外的情形。聽了學生的談話，原本已經停止投資的父親提出一個建議——逃難的時候，家裡的藏書是帶不走的，所以他打算開

一間舊書店，教學生把帶不走的藏書送到店裡來賣，多少可以換取一些現金。舊書店從現金中抽取一定比率的佣金，也可以維持書店的生存。

學生們都很贊成，回家徵得自己父親的同意後，一批一批的把家裡的藏書，送到父親租來的棚屋裡去。就這樣，父親在鼓浪嶼黃家渡的廣場邊，開起舊書店來了。父親把管理舊書店的任務，交給做事牢靠的二弟。二弟是一個初中剛畢業的孩子，當時也停學在家。

我常常到舊書店去幫忙看店，跟二弟換班，好讓他去吃中飯。看店的時候，我的工作是解開父親的學生們送來的一捆一捆的書，一一搬去上架。單看那些書的書名，就夠讓我大吃一驚。我第一次發現，原來這世界上有那麼多值得讀的書！

在這本也愛、那本也愛的情況下，我每天都要抱一大堆書回家，第二天再把翻閱過的書送回店裡去。我夢想，如果這間書店的書全都歸我擁有，我一定會變得很「飽學」。更確切的說，不必閱讀，光看那些書名，我的眼界早已經拓寬到令自己非常滿意的程度！

更沒料到的是，父親的這間舊書店，竟能在短短的兩、三個月裡，決定了我人生未來的走向。

在這些舊書堆裡，我發現了一部鄭振鐸編著的《文學大綱》，精裝本，上、下兩冊。這本書的編者強調文學是沒有國界的，文學是沒有古今之分的。

這本書介紹希臘盲詩人荷馬（Homer，約生於西元前九世紀）的史詩，也介紹了中國的《詩經》和《楚辭》；介紹莎士比亞（William Shakespeare，1564～1616年，英國伊麗莎白時代詩人、大戲劇家）的《羅密歐與茱麗葉》，還介紹中國《紅樓夢》裡的賈寶玉和林黛玉；介紹杜甫和李白，也介紹了托爾斯泰（Leo Tolstoy，1828～1910年，俄國小說家）和杜斯妥也夫斯基（Feodor Dostoyevsky，1821～1881年，俄國小說家）。書中處處是世界文學名著的彩色插畫，處處是作家的畫像、雕像和照片。

　　這部書把我帶進一座富麗堂皇的文學殿堂，激發了我對文學的崇拜，對文學作品的崇拜，對作家的崇拜；更令我相信，文學是神聖的，文學作品是神聖的，作家也是神聖的！

我把這部書帶回家，翻閱了兩遍，我的人生就這樣有了「定調」：寫作是神聖的，也是有趣的，做人就應該寫點兒什麼，才不會辜負生命！我開始懷著這樣的人生觀，走我的人生路。

　　有一次，我在另外一本書上，讀到一篇介紹俄國詩人普希金（Alexander Pushkin，1799～1837年）的文章，附有普希金自己畫的一幅速寫，畫的是他在燭光下寫作。

　　看了那幅畫，我體會到夜裡寫作的辛苦，體會到作家寫作的寂寞，但是我覺得那辛苦、那寂寞，也算不了什麼。我拿出初中時代發表在班上壁報的三篇舊稿，細心修改，寄出去投稿。

三篇作品都遭到退稿，但是我覺得那也沒有什麼，可以再寫！

　　停學在家的我這種默默工作的情形，被父親看到了。幾天後，我看到父親也在書桌寫稿，做的是跟我一樣的事情。一個月以後，他拿了兩本上海出版的雜誌給我看，原來他寫的兩篇稿子都被發表出來了。一篇寫的是他跟朋友合資養羊、供應客戶羊奶的情形；另外一篇寫的是他辦商業補習班的經驗。

收到稿費的那天，他告訴我，辛苦了好幾天寫的兩篇稿子，報酬還不夠家裡三天的開銷。他勸我，將來還是找一份有固定收入的工作比較好。我只接受父親一半的勸告，就是將來一定會去找一份有固定收入的工作。我的想法是：有一份收入固定的工作，我才能夠安心找時間來寫作。

去年，台灣文學館辦了一個「俄羅斯文學三巨人」的展覽，在國立台灣博物館展出。三巨頭是指普希金、托爾斯泰，和寫《靜靜的頓河》的蕭霍洛夫（Mikhail Sholokhov，1905～1984年）。

我看到托爾斯泰的書桌，桌上擺著他的手稿，手稿上寫滿了密密麻麻的文字，每一行字都是彎彎曲曲的，到處是刪改、增添的痕跡。看著這份手稿，我發覺我的雙頰流過兩行熱淚，幸虧旁邊沒有人。我並不是

同情托爾斯泰寫作的辛勞，只是有一股說不出來的感動。

　　許多好朋友發覺我對寫作好像不很專注，總是隔一段時日才寫那麼一篇，缺少長江大河那種滔滔滾滾的氣勢，所以說我是一個「隨緣」的寫作者。其實我所面臨的窘境，正跟所有現代人所面臨的相同，那就是「時間的割裂」。我也可以躲入山中的民宿去寫作，但是又捨不得遠離我的家人。這種「溫馨的矛盾」是人人都有的。

　　隨緣不是真的，只是給人若斷若續的印象。儘管若斷若續，卻永不放棄，這才是我真正的精神。這種「永不放棄」的力量，就來自心中永不熄滅的「作家崇拜」！

國家圖書館出版品預行編目資料

林良爺爺你請說／林良作；曹俊彥繪 . --
　　初版. -- 台北市： 幼獅, 2010.6
　　面；　公分. --（新High兒童.故事館；4）

　　ISBN 978-957-574-775-6（平裝）

859.6　　　　　　　　　　　99009020

・新High兒童・故事館・4・
林良爺爺你請說

作　　　者＝林　良
繪　　　者＝曹俊彥
出 版 者＝幼獅文化事業股份有限公司
發 行 人＝李鍾桂
總 經 理＝王華金
總 編 輯＝劉淑華
主　　　輯＝林泊瑜
美術編輯＝李祥銘
總 公 司＝10045台北市重慶南路1段66-1號3樓
電　　　話＝(02)2311-2832
傳　　　真＝(02)2311-5368
郵政劃撥＝00033368

門市
●松江展示中心：（10422）台北市松江路219號
　電話：(02)2502-5858轉734　傳真：(02)2503-6601
●苗栗育達店：（36143）苗栗縣造橋鄉談文村學府路168號（育達商業科技大學內）
　電話：(037)652-191　傳真：(037)652-251

印　　　刷＝欣佑彩色製版印刷股份有限公司　　幼獅樂讀網
定　　　價＝250元　　　　　　　　　　　http://www.youth.com.tw
港　　　幣＝83元　　　　　　　　　　　 e-mail:customer@youth.com.tw
初　　　版＝2010.06
二　　　刷＝2013.07
書　　　號＝984136

感謝您購買幼獅公司出版的好書！

為提升服務品質與出版更優質的圖書，敬請撥冗填寫後（免貼郵票）擲寄本公司，或傳真（傳真電話02-23115368），我們將參考您的意見、分享您的觀點，出版更多的好書。並不定期提供您相關書訊、活動、特惠專案等。謝謝！

基本資料

姓名：＿＿＿＿＿＿＿＿＿＿＿＿＿＿＿＿先生／小姐

婚姻狀況：□已婚 □未婚　職業：□學生 □公教 □上班族 □家管 □其他

出生：民國＿＿＿＿＿年＿＿＿＿＿月＿＿＿＿＿日

電話：（公）＿＿＿＿＿＿（宅）＿＿＿＿＿＿（手機）＿＿＿＿＿＿

e-mail：＿＿＿＿＿＿＿＿＿＿＿＿＿＿＿＿＿＿＿＿＿＿＿

聯絡地址：＿＿＿＿＿＿＿＿＿＿＿＿＿＿＿＿＿＿＿＿＿＿＿＿

1.您所購買的書名：**林良爺爺你請說**

2.您通常以何種方式購書？：□1.書店買書　□2.網路購書　□3.傳真訂購　□4.郵局劃撥
　　（可複選）　　　□5.幼獅門市　□6.團體訂購　□7.其他

3.您是否曾買過幼獅其他出版品：□是，□1.圖書 □2.幼獅文藝 □3.幼獅少年
　　　　　　　　　　　　　　　　□否

4.您從何處得知本書訊息：□1.師長介紹　□2.朋友介紹　□3.幼獅少年雜誌
　　（可複選）　　　□4.幼獅文藝雜誌 □5.報章雜誌書評介紹＿＿＿＿＿＿報
　　　　　　　　　　□6.DM傳單、海報　□7.書店　□8.廣播（　　　　　）
　　　　　　　　　　□9.電子報、edm　□10.其他

5.您喜歡本書的原因：□1.作者 □2.書名 □3.內容 □4.封面設計 □5.其他

6.您不喜歡本書的原因：□1.作者 □2.書名 □3.內容 □4.封面設計 □5.其他

7.您希望得知的出版訊息：□1.青少年讀物 □2.兒童讀物 □3 親子叢書
　　　　　　　　　　　　□4.教師充電系列 □5.其他

8.您覺得本書的價格：□1.偏高 □2.合理 □3.偏低

9.讀完本書後您覺得：□1.很有收穫 □2.有收穫 □3.收穫不多 □4.沒收穫

10.敬請推薦親友，共同加入我們的閱讀計畫，我們將適時寄送相關書訊，以豐富書香與心靈的空間：
(1)姓名＿＿＿＿＿＿e-mail＿＿＿＿＿＿電話＿＿＿＿＿
(2)姓名＿＿＿＿＿＿e-mail＿＿＿＿＿＿電話＿＿＿＿＿
(3)姓名＿＿＿＿＿＿e-mail＿＿＿＿＿＿電話＿＿＿＿＿

11.您對本書或本公司的建議：

10045　台北市重慶南路一段66-1號3樓

幼獅文化事業股份有限公司　收

··

請沿虛線對折寄回

客服專線：02-23112832分機208　　傳真：02-23115368

e-mail：customer@youth.com.tw

幼獅樂讀網http：//www.youth.com.tw